시선

55

나는 나의 어머니가 되어

고 현 혜 시집

푸른사상
PRUNSASANG

푸른사상 시선 55

나는 나의 어머니가 되어

인쇄 · 2015년 7월 15일 | 발행 · 2015년 7월 20일

지은이 · 고현혜
펴낸이 · 한봉숙
펴낸곳 · 푸른사상
주간 · 맹문재 | 편집 · 지순이 | 교정 · 김수란

등록 · 1999년 7월 8일 제2-2876호
주소 · 서울시 중구 충무로 29(초동) 아시아미디어타워 502호
대표전화 · 02) 2268-8706(7) | 팩시밀리 · 02) 2268-8708
이메일 · prun21c@hanmail.net / prunsasang@naver.com
홈페이지 · http://www.prun21c.com

ISBN 979-11-308-0419-4 04810
ISBN 978-89-5640-765-4 04810 (세트)

값 8,000원

나는 나의 어머니가 되어

아무도 모르는 낯선 도시
파리에 도착하여
난 가방도 풀지 않은 채
당신께 편지를 씁니다.

에드워드 호퍼 그림 속의 한 여자처럼
창밖을 바라보는데 —
몽마르트
사랑의 벽이 생각나네요.

이백오십 개의 다른 언어로
연습장의 낙서처럼
삼백 번도 넘게 쓰고 또 쓴 말
사랑해
사랑해요

612개의 타일로 이어진 아이 러브 유 월
그 타일 사이사이
떨어지는 꽃잎 같은
붉은 페인트 —

아직 아물지 않은
사랑의
상처라지요.

당신도
아직
아픈가요?

내 영혼의 펜으로 쓴 편지 —
당신 마음에 보일까요?

창밖엔 비가 내리네요.
Je t'aime

2015년 6월 파리에서
고현혜

| 차례 |

■ 시인의 말

제1부

제2부

| 차례 |

제3부

제4부

| 차례 |

제5부

제1부

모국어

세련이란 제기랄 마실 술이 못 돼

너 내 혀를 풀어봐, 어둠 속에서

내 옷을 벗기듯 너의 자존심으로

우리의 밤을 망치지 말고, 검색하지 마

머릿속에서 네가 당한 배신을

인생에 너무 집착하지 않으면 사실 산다는 건

그렇게 힘들지 않아

나 한밤중에 일어나 내 손에

무엇을 움켜쥐려고 하는지 알 수가 없어

트럼펫 소리가 내 몸을 감쌀 때

난 모국어로 말하고 싶어

미안해요 미안해, 영어가 모국어가 아니라서라고

사과하고 싶지 않아

맞아, 나 마늘 냄새 나 ― 키스하지 마

김치 먹었거든 ― 너도 냄새나 양 같은

누린내 ― 우리 그냥 사랑하자.

둘째 시간

어두운 방으로 불려갔다.
창이 없는

미세스 로페츠가 그림책을 보여주었다.

강(江), 내가 말한다.

*틀렸어. 리버(river)*라고 그녀가 말한다.

리버(liver), 내가 말한다.

리버(liver)가 아니라니까, 리버(river), 그녀가 말한다.

그렇게 말했어요, 리버(river), 리버, 리버, 리버
강
강이에요.

그녀가 고개를 흔든다.

내 입을 봐

레레레레레

<u>ㅂㅂㅂㅂㅂㅂㅂㅂㅂㅂㅂㅂㅂ</u>

리버

리버

그 후로

나는

입을 다물었다.

회상(Look Back)

1. 엄마 어떻게 미국에 왔어요?

10학년이 된 딸이 학교의 숙제라고 물어 온다.
교과서의 답을 말해주나 아니면 진실을?

더 좋은 교육과 더 좋은 기회와 더 좋은 삶을 위하여
난 국민교육헌장을 외우듯 대답한다.

엄마 너무 싱거워. 우리 반 아시안 애들은 다 똑같은 답이야.

진실에서 도망치기
우린 기억하고 싶지 않아
죽은 듯, 고요히 — 문제를 만들면 안 돼.
이름도 잊고
인연도 끊고
우리 모르는 척 사는 법을 배우지

돌아볼 수 없던
닫힌 관 속

엄마의 뜬 눈

나는 여행을 간다.
내가 태어나고
자랐던
나라로……

2. 종이 이혼

대통령이 총에 맞아 서거하자
전쟁이 일어날 거라는 소문이 돌았다.

엄마는 우리를 미국으로 보내시고 싶으셨다.
가장 강한, 행복한, 부자인
지상천국의 나라

그러나 우리를 어떻게 보낼 것인가?
미국으로 갈 수 있는 티켓도

미국 사람과 결혼한 친척도 없는데

위장 이혼
부모님의 결단이셨다.
우리의 의견은 아랑곳없이

새 종이 엄마는 미국에 있었고
이 일은 아주 조용히
모르게
진행되었다.

살아남기 위해
우리는 모르는 척하는 법을 배운다.

3. 이민국 직원과의 인터뷰

아이들만 인터뷰를 한다.

아버지는 통과할 수 없다고
걱정을 하신다.

꼭 가족을 지켜야 한다는 마음으로
내가 대답을 하는 동안
여린 언니와 남동생들은 조용하다

엄마는 어디 계시지?

(엄마는 아침에 우리에게 밥을 해주셨다. 스크립트에 그
말은 없다. 나는 슬픈 표정을 지었다.)

　　　*이 년 동안이나 엄마를 못 뵈었어요. 엄마는 더 이
　　상 연락이 안 돼요.*
　　　미국에 가기 전에 엄마를 봤으면 좋겠는데

순진한 모습으로 어떻게 거짓말을 하는지 이미 알아버린 난
그의 손등을 바라보며 눈물을 글썽거렸다

미국 가선 어디서 살 거지?

하와이요. 아빠랑 새엄마랑 함께 살 거예요.

(아마 이때부터 나는 환상 속에 사는 법을 배웠는지 모른다.)

그는 노란 노트에 무언가 기록한다 .

근데 막내 여동생은?

(나한테 여동생이 있다고? 아, 그 여자 딸)

그 애는 왜 안 가지?

(아, 정말 싫다 : 언제나 걸림돌)

그 애는 너무 어려요. 아직 엄마를 떠날 수가 없지요.
그 애는 엄마가 키우실 거예요.(또 거짓말)

미국에 가서는 무얼 할 거지?

우리는 공부를 열심히 해서 좋은 사람이 될 거예요.

그가 서류에 푸르스름한 도장을 찍는다.

미국 가서 잘 살렴.

불리미아(Bulimia)

엄마!

배가 아파요.

어제 저녁, 파티에서 또 너무 많이 먹었어요.

제 새 친구들의 배는 저보다 훨씬 큰 것 같아요.

나에게 불리미아 병이 있다는 사실을

그 애들에게 감추기 위해,

전 그 애들이 먹는 것마다 무조건 다 먹었지요.

모든 음식이 너무 맛있는 것처럼 행동하면서 말이에요.

그러다 보니 너무 많이 먹은 것 같아요.

엄마!

엄마도 아시다시피 전 우유로 만든 것을 먹으면

배탈이 나잖아요.

그러나 전 아무 탈이 없는 것처럼 먹었어요.

덕분에 내 새 친구들은 그 애들 음식을 맛있게

잘 먹는 나를 아주 만족해했어요.

넌 정말 우리랑 다름없구나

그 애들은 모르지요 ─ 목구멍에 손가락을 집어넣고

먹은 것을 도로 토해야 하는 나의 병을
그 애들은 모르지요 — 침대에 누워 아픈 배를 쥐고
울어야 하는 나의 밤을

엄마에게도
누구에게도 말할 수 없는 이 고통
파티가 끝나면,
내 방으로 달려와 문을 잠그고
변기통에 머리를 박고 토하면
모두 섞여져 한 덩이가 되어 나오는
노란 치즈 조각, 하얀 우유, 분홍색 아이스크림,
까만 초콜릿.
지금 내 심장을 열어보면 이렇게 흉할까요?

엄마!
내 옛 친구들이 제가 그 애들을 잊었다고
섭섭하게 생각하고 있는 것 같아요.
그러나, 전 한순간도 그 애들을 잊어본 적이 없어요.
지금은 새 음식에 적응을 해야 하기 때문에

옛 음식을 잠시 멀리하는 것뿐.

제가 어찌 우리 고유의 매운 음식을 잊어버릴 수 있으며

저의 어린 시절을 잊을 수 있단 말입니까?

친구들에게 내가 곧 찾아가겠다고 전해주세요.

엄마!

그만 쓸게요.

속이 메슥거리며 또 토할 것 같아요.

그러나 너무 걱정 마세요.

계속 나아지고 있으니까요.

엄마!

보고 싶어요.

* 불리미아(Bulimia) : 먹고 토하는 병

중간 지점 아이(The Halfway Child)

내 이름은 헤일리
H.A.L.E.Y
그러나 전 제 이름을
중간 지점이라 부르죠.

한때 사랑을 해서
저를 낳은 엄마, 아빠
이제는 더 이상 사랑하지 않아
헤어져 살죠.

엄마, 아빠 가지고 있는
모든 걸 반으로 나누었지만
살아 있는 저를 자를 수 없어
시간으로 저를 나누었어요.

이만큼은 네 시간
이만큼은 내 시간
그래서 그들은 일 주에

한 번씩 그들이 사는 거리의
중간 지점인 한 가스 스테이션에서
저를 주거나 받거나 하지요
그리고 가스를 넣고
씁쓸히 웃으면서 헤어지죠.

바이
바이
그때 그들은 헤어지기 싫은
연인 같습니다.

나를 태운 아빠 차
가스 스테이션을 미끄러져 나오는데
아직 떠나지 못하고 머뭇거리는
엄마의 차가 보입니다.
무엇을 찾는 듯하면서
눈물을 닦는 엄마의 손도······
갑자기 멀쩡하던 내 배가

살살 아파오기 시작합니다
언젠가 제 친구 샐리가 그랬습니다
"헤일리, 넌 좋겠다. 집도 둘,
엄마도 아빠도 똑같은 장난감도 둘"
나보다 한 살 어린 샐리는
아직 모릅니다.
정말 소중한 건 하나,
하나면 되는 것을……

아빠 차가 프리웨이에 들어서면서
전 제가 꼭 껴안고 자야 하는
곰 인형을 엄마 집에 두고 온 것을
기억합니다.
그러나 다시 돌아가기엔
너무 먼 길입니다.

아메리칸 드림

점심시간 끝나면
델리는
묘지로 변해

하루 열두 시간씩
계산대 앞에 서서
저울에 올려진
샐러드를 찍지
먹기 위해서

아메리칸 드림?
그렇게 함부로 묻지 마

물론 꿈을 이루려고
진을 빼던 한때가 있었지
그러다
내 영혼까지 소멸된걸

그래서

보이지 않는 유령처럼

말 잘 듣는 알래스칸 허스키처럼

그랜드캐니언의 바위처럼 침묵하며 살지

어느 소년의 죽음(Cold Case)

그날 죽은 장본인은 저였습니다.
그날 저 때문에 길이 막혀
투덜거리며 오던 길을 되돌아야 했던 당신,
저의 죽음 잠시 생각해보셨는지요.

[지금, 그 누가 당신에게 총을 겨누고 있다.]
섬뜩하지 않으세요.

전 머리에 두 방
가슴에 다섯 방
일곱 방의 총알을 맞고
형체조차 알아볼 수 없도록
자동차 바퀴에 짓이겨져서
버려졌더군요.

그날 저는 거의
저녁 뉴스를 장식할 뻔했는데

신원조차 확인할 수 없는

저의 죽음은
별 볼 일 없는 저의 생처럼
뉴스에서조차 외면당하더군요.

경찰 리포트엔 이렇게 적혀 있더군요.

열다섯 살로 추측되는 흑인 소년
이름 — 모름
보호자 — 없음
주소 — 없음
연락처 — 없음

제 시체는 처리되고
제 케이스는 드롭되고
전 없어지고 마네요.

그런데 누가 나를
좀 찾아주면 안 되나요.
제 이름이 무엇인지

제 집이 어디인지
제 꿈이 무엇이었는지
제가 무엇을 좋아했는지.

제가 태어났을 때
저를 가슴에 안아준 사람은 누구인지
제가 첫걸음마를 떼었을 때
손뼉을 쳐준 사람은 누구인지
그것만이라도 알면 안 될까요.

아무도 모른다고요,
제가 태어난 것도
제가 죽은 것도.

우는 날

그래

일 년 365일 중

하루쯤은 우는 날로 정하자

문을 꼬옥 걸어 잠그고

커튼을 내리고

울자

울다가 지치면

밥도 먹고

라면도 먹고

또 울자

눈이 붓도록

목이 쉬도록

울어 머리 아프면

찬물로 세수하고

또 울자

울면서 용서하고
울면서 잊어버리고
울면서 이해하고
울면서 마음을 넓히자

울면서
해가 나고
울면서
새싹이 돋고

울면서
모든 게 다
괜찮아지리라

울면서
아직도 흘릴 수 있는 눈물에

감사하리라

그래
일 년 365일 중
하루쯤은 우는 날로 정하자
그래서 그날은 울자
하루 종일

신문 엄마

잿빛 새벽을 깨우는
당신의 체취
세상과 나를 연결해주는 또 하나의 고리.

그대 몸
물빛 안개 속에 젖을까
꼬옥 싸맨
비닐 벗기면
아직 마침표를 찍지 못한 문장같이
따뜻한 당신,

나의 손을 잡고
이 지구촌의 지혜로운, 다정한, 슬픈 이야기를
유머까지 곁들여
진솔하게 들려주네.

아, 그대는 아는지

이 언어 다른 먼 곳에서 목메어
두려움에 말을 잃을 때,
그대, 하얀 명주실로 묶은 엄지
바늘로 찔러 검은 피를 뽑아
내 다시 숨을 쉴 수 있었음을

오늘도 한 잔의 커피를 만들어
새 잉크 냄새 풍기는
고마운 당신을 펼치네.

눈을 감아봐

떡볶이, 달고나, 떡라면, 짜장면, 쫄면, 떡볶이
줄줄이사탕, *엄마 오실 때 줄줄이, 아빠 오실 때 줄줄이*
사탕 빨며 내밀던 빨간 혀, 캐비넷 새알 초콜릿 몰래 먹은
검은 혀, 욕망의 김밥, 기다림의 뽑기, 분노 성적표 쫄면

아버지가 한밤중에 자던 우리를 깨어 먹이시던 바늘 통닭
새콤달콤한 희망 단무, 갓 구운 센베이 과자의 추억

하얀 꿈 부라보콘, *열두 시에 만나요, 부라보콘*
보름달 덮여진 오무라이스, 꿈을 잔뜩 뿌려 비벼 먹었지
아라비안 나이트 카레라이스, 빗속의 김치 부침개
요술 방망이 들고 다니던 뻥튀기 아저씨, 무엇이든 넣고
돌리며 뻥, 뻥, 뻥
쏟아지는 강냉이 먹으며 날아다니던 만화 속 마법의 나라

서울 이모 남대문 시장에서 사주시던 언덕 바나나
겨울 밤, 열이 펄펄 끓으면, 엄마가 다락에서

꺼내와 먹여주던 만병통치 복숭아 통조림

머리를 박고 지압을 받다가 아, 솜사탕
주문만 하면 마술사가 된 아저씨 자전거 페달을 돌리며
구름을 걷어다가 분홍 , 파랑, 하얀 눈 같은 솜사탕
만들어주셨지

아 ― 눈을 감고 야금야금 뜯어 먹으면
하늘로 둥둥 올라갈 것 같던
솜사탕

검은 옷을 찾으며

아버지 장례식에 가려고
검은 옷을 찾는다.

어렸을 적부터
언니와 내게
손수 옷을 사 입히셨던 아버지.

나, 열 몇 살 땐가.
어금니 아프다고 울면서
아버지 일하던 세탁소로 전화하자
딜리버리 도중 핫 핑크 미니스커트 사 오셔서
이젠 안 아프지 하시던 아버지.

아버지를 생각하면서
그 핑크 미니를 입는 것이
더 의미 있는 것이 아닐까.

장례식엔 꼭 가야 하나
장례를 치르지 않으면

아버지가 끝까지 살아 계실 것 같아.

어제 관 속에 누워 계시던
아버지
꼭 주무시는 것 같았어.

고통
여기저기 퍼지던 암 덩어리만 죽고
아버지만 다시 사시면 안 될까.

절대 만지지 말라는
장의사 몰래
아버지 이마에 손을 얹어보니
차
얼음보다도 더

'나사렛 예수의 이름으로
 명하노니……'
기적을 부르짖으려다

그냥 아빠…… 아빠만
부르다가 왔지.

무엇을 입나
차라리
엄마 돌아가셨을 때처럼
소복을 입고
곡이나 실컷 해봤으면

검은 옷은 왠지
슬픔을 억눌러야 한다고
말하는 것 같아.

아버지 장례식에
무엇을 입나
나 망설이며
옷장 속에서
멍하니
서 있다.

제2부

결혼

당신과 같은 주소를 갖고 싶었습니다
기다림 밴 맑은 물
하얀 쌀을 씻으며
밤이면 내게 돌아올 당신을 기다리고 싶었습니다

왠지 행복할 것 같았습니다
당신과 같은 열쇠를 사용하면

닫힌 열쇠 구멍 속에 우리만의 천국을 이루고

지쳐버린 하루의 끝엔 둥근 당신의 팔 베고
그대 숨소리 들으며 잠들고 싶었습니다

둘이 하나가 된다는 것은
하나를 둘로 나누는 것보다 어렵고
두 외길이
한길로 이어지기 위해서는
고통과 아픔이 따름을 알면서도
내 이 길을 선택함은
당신을 사랑하는 까닭입니다

배꼽을 닦으며

아가의 배꼽을 알코올로 닦으며
배꼽에서 나를 낳으셨다는 어머니가 보고 싶었다.

"어떻게 여기서 아기가 나와?"
어린 나는 어머니의 배꼽을 만지작만지작거리며 물었다.

"으응, 아가 날 때가 되면 배꼽이 커져."
어머니는 벽을 바라보며 대답하셨다.

난 바로 동네 계집아이들을 모아놓고 소곤거렸다.
"난 애기가 어디서 나오는지 안다."
　　　　"어디서?"
"그건 말야, 배꼽에서나온다."
　　　　"정말?"
"정말."

나도 모른다.
그때부터 아기를 낳아본 지금까지도

왜 난 아기가 배꼽에서 나온다고
신화처럼 믿는지는.

어머니가 배꼽에서 나를 낳으셨듯
나도 배꼽에서 또 배꼽으로 아기를 낳았건만

미역국도 안 끓여주시고
어디 가셨나

내가 배꼽에서 아기를 낳으면
키워주신다더니
어디 가셨나
어디 가셨나
우리 엄마.

아가의 배꼽 위로 알코올 같은 내 눈물이
뚝 뚝 떨어진다.

미역국을 끓이며

늦고 늦은 밤

내일이면
한 살이 될
아들의 미역국을 끓이고 있다.

미.역.국.

첫아이를 낳고 난 후부터
난 미역국만 보면
가슴이 저린다.

어머니.
내게 미역국도
못 끓여주시고 가신 어머니.

언젠가 내 끓인 미역국에
이제 두 살 먹은 딸아이가

밥을 말아 맛있게 먹는데
내 눈에선 눈물이 흘렀다.

엄마로서 바람이 있다면
저 아이가 아기를 낳았을 때
내 손수 미역국을 끓여주고 싶다는 것
나 혼자 웃는다.

푹 끓인 미역국 냄새를 맡으며
내일이면
한 살이 될
아들의 자는 모습을 훔쳐본다.

할머니 성모 마리아

밤새 보채던 두 아이 결국은 유행성 감기라는
의사의 처방을 받아 약국 문에 들어선다.

작은애를 가슴에 안고
큰애의 손을 잡고
낡은 의자에
엉성하게 앉아
아이들의 약이 조제되어 나오기를 기다리는데
칠십도 훨씬 넘은 듯한
할머니 한 분이 들어와
내 옆에 앉으신다.

할머니가 *아휴! 고놈* 하며
머리를 쓰다듬으려 하자
낯가리는 작은애가
얼굴을 휙 돌린다.

할머니가 두 아이를 번갈아 보며,
아휴! 애기 엄마가 힘들겠어

그 말이 왜 이리 가슴에 와 닿는가.

애기 키우는 게 이렇게 힘든 건지 몰랐어요
라고 나는 응석 부리듯 얘기한다.

그렇지. 그래도 그게 다 인생살이야
또 그래야 부모에게도 고마움을 느끼고
그게 없으면 인생은 아무것도 아니야.
그치, 아가야?

그 소리에 응어리진 가슴이 풀어지듯
그 할머니 치마폭에 엎드려
갈 수 없는 엄마 산소에 엎드린 것처럼
엉엉 울고 싶어졌다.

다리에 힘이 없이
절룩거리는 할머니의 따뜻한 말 한마디
그날 나를 지탱할 수 있는
사랑을 주었다.

첫 생일을 맞는 너에게

한 살이란
독립을 의미하지.

네가 튼튼한 두 발로 서서
한 발을 떼었을 때
엄마, 아빠, 형 그리고 누나가
박수를 쳐주었지.

네가 울면 너무 슬퍼서 같이 울어버리는
누나 슬기는 자기가 빨리 여섯 살이
되어야지 네가 점점 무거워져서 이제 들기가 힘들다며
모두들 스모 레슬러 같다는 너를 안고 낑낑거리지.

왜 인기는 이빨도 닦지 않고, 기저귀에다 푸푸 하고
알아듣지도 못하는 스패니시를 말하냐고
투덜거리면서도, 형 준기는
이 세상에서 너가 제일 귀여운 베이비라며 자는 너에게

뽀뽀하지.

아빠 인기척이 나기도 전에
벌써 아빠 냄새를 맡고
"아빠 아빠" 하고 문으로 기어가면
정말 문으로 들어서던 아빠는, "강아지. 강아지. 우리 강아지."
하며 너를 번뜩 안지.

이빨 여덟 개씩이나 나서
돌도 씹으려는 네가
아직도 엄마 품을 못 잊어
밤마다, "엄마 엄마" 하고 울지만
이제 한 살 생일 떡 먹은 인기 혼자 잘 수 있겠지.

전화기를 들고 '하이' 하는 것을 제일 좋아하는 인기,
이제 한 살이 된 너는
문밖을

한 발짝 걸어 나가봐야겠지.
그리고 바다 닮은 너의 마음으로
이 세상에게 헬로 해야지.

인기를 사랑하는 모든 사람들에게
함박 미소를 지으며 인사드려야지.
"안녕하세요. 저 인기는
 이 세상에 온 것을 참으로 기쁘게 생각합니다.
 저를 사랑해주셔서 정말 감사드립니다."

한 살이란
또 다른 독립을 의미하지.
탯줄이 끊어진 아가가
이제 혼자 서서 두 발로 걷는.

아, 아멘을 하지 않아도

아, 아멘을 하지 않아도
신은 우리의 마음을 읽으시지

깊은 밤
아멘도 못 한 채 끝맺는 탄식의 기도를
긴 한숨으로 대신하는 침묵의 고백을
운전대를 붙잡고 통곡하는 심정을

아, 아멘을 하지 않아도
신은 다 듣고 계시지

차마 무릎도 꿇지 못한 채
가슴으로 가슴으로 드리는 제사를
물 위를 걷지 못하는 믿음으로
바치는 이 허무의 기도를

아, 아멘을 하지 않아도
신은 헤아리시지
우리의 아픔을

겨울 풍경

새로 산
눈 신발 세 켤레
도르르
일렬로 세워논다.

그 신발 위에
눈 안경
도르르
하나씩 올려논다.

그 옆에
눈 장갑
도르르
하나씩 포개논다.

잠자리에
넣었던 세 아이들
도르르

달려나와

눈 신발을 신고
눈 안경을 쓰고
눈 장갑을 끼고
까르르 까르르
웃는다.

바다 선물

바다 바위 틈 사이로
예쁜 꽃게가 한 마리 숨어 있다.

파도 소리 아닌
내 발자국 소리를 듣고
위협을 느낀 꽃게가
가만 숨소리를 죽인다.

저 꽃게를 잡아
이 빈 커피 컵에 담아가면
아이들이 얼마나 좋아할까.

작은 바위를 들고
들고
꽃게를 잡으려
애쓰다

무심코 바닷물에

빠졌던 내 손에서
바다 냄새를 맡는다.

그래, 아이들에게
바다에 잠겼던
나를 선물로 갖다주면
될 텐데
왜 자꾸 무얼 갖다주려 할까

난 파도가 되어
내 잡지 못한 꽃게 이야기를 들으며
자지러지게 웃을 아이들에게
처얼썩 처얼썩
달려간다.

캐빈 피버(Cabin Fever)

눈사태도 아니다
장마철도 아니다

그러나
내 집 문은 잠겼다.

조그마한 공간 속에 갇혀

아이가 울면
젖을 내민다.

아이가 울면
기저귀를 갈아준다.

아이가 울면
등을 두들겨준다.

그래도 아이가 울면

나도 울어버린다.

아이가 잠들어도
난 그 곁을 떠나지 못한다

눈사태도 아니다
장마철도 아니다

그러나
내 발은
이 작은 공간에 묶여버렸다.

* cabir fever : 밀실 공포증.

어머니의 길

지구가 돌기를 멈추었는가
아니면
낮이 밤이 되고
밤이 새벽이 되는 이곳은 어디

그리고 왜 나는
장소도 때도 없이

먹이가 되었다가
화장실이 되고

놀이터가 되었다가
침대가 되고

의사가 되었다가
광대가 되어버렸어도
행복해하는가

바로 이 길이었던가

어머니가 걸어가셨던 길이

지구가 멈추는 듯한 고통이 끝나고
나를 자꾸 웃고 울게 하는
이 이상한 길이

언어의 벽

바벨탑이 다시 무너졌는가
아니면
하나로 이어지던 우리의 끈
그 끈이 잘리면서
왜 나는 너의 언어를 이해하지 못하는가

잠시 동안의 어둠
그 끝에 빛이 비추기 시작하면서
네가 이끈 새로운 세계 속의 언어는
내 알아들을 수 없는 언어

아니 어렴풋이 기억나는
내 어머니의 자궁에서 나도 익혔던 언어
그러나 이제는 그리스어처럼 들리네

내 수험생이 되어
너의 언어를 공부하려고 온 정신을 집중해도
내 품에서 호소하고 있는 너의 언어는

너무 어렵기만 하다

아가!
좀 더 쉬운 말로 말하렴
아니면
차라리 우리의 끈 다시 이을까

나쁜 엄마

이런 엄마는 나쁜 엄마입니다.

뭐든지 맛있다고 하면서 찬밥이나 쉰밥만 드시는
옷이 많다고 하면서 남편의 낡은 옷까지 꿰매 입는
아픈 데가 하나도 없다고 하면서 밤새 끙끙 앓는 엄마.

한평생 자신의 감정은 돌보지 않고
왠지 죄의식을 느끼며
낮은 신분으로 살아가는 엄마.

자신은 정말 행복하다고 하면서
딸에게 자신의 고통이 전염될까 봐
돌같이 거친 손과 가죽처럼 굳은 발을 감추는 엄마.

이런 엄마는 정말 나쁜 엄마입니다.

자식을 위해 모두 헌신하고
더 줄 게 없어

자식에게 짐이 될까 봐

어느 날 갑자기 눈을 뜬 채

심장마비로 돌아가신 엄마는 정말 용서할 수가 없습니다.

따뜻한 밥을 풀 때마다

고운 중년 부인의 옷을 볼 때마다

뒤뜰에 날아오는 새를 "그랜마"라고 부르는 아이의 소리를 들을 때마다

자식 가슴에 못 박히게 하는 엄마는 정말 정말 나쁜 엄마입니다.

난 여러분께 나의 나쁜 엄마를 고발합니다.

당신의 집

여기 당신의 집이 있습니다.
동굴 속같이 안전한 당신의 집
이 새벽, 사냥을 나가는 당신
당신의 아내와 아이가 손을 흔들며 배웅하고 있습니다.

여기 당신의 집이 있습니다.
당신의 아내는 아이와 놀면서도
오늘도 전쟁터에서처럼 투쟁하는 당신을 위해
간간히 기도하고 있습니다.

여기 당신의 집이 있습니다.
한 장의 그림처럼
당신의 아이는 미소를 머금은 채 낮잠을 자고
당신의 아내는 책을 읽으며 글을 쓰고 있습니다.

당신의 집은 당신의 작은 천국
하나님의 은총 아래 사랑과 이해

그리고 용서가 베풀어지는 곳

기쁨과 슬픔 속에서도
생을 나누기로 약속한 사람들이
따뜻한 밥을 함께 먹는 곳

여기 당신의 집이 있습니다.
요즈음 크랜베리 그룹의 음악을 좋아하는 당신의 아내가
그 리듬에 맞추어 분주하게 저녁을 짓고
유모차에 앉아 엄마의 움직임을 신기하게 바라보고 있는
당신의 아이가 있습니다.

여기 당신의 집이 있습니다.
온 힘을 다해 일하시는 당신
당신 오늘 하루도 정말 수고 많으셨습니다.
그러나 일할 때가 있으면 쉴 때도 있는 법
오늘은 이만 휴전하고 당신의 쉼터로 오세요.

조개껍질로 엮은 종을 치며 까르르 웃던 당신의 아이는

옹알옹알 하며 그 애의 하루 이야기를 들려줄 것이며
오늘도 당신을 위해 향긋한 재스민 티를 끓이던
당신의 아내는 무거운 당신의 갑옷을 받아줄 것입니다.

여기 당신의 집이 있습니다.
당신의 아내와 아이가
환히 웃으며
당신을 기다리는 집이.

집으로

이제 그만 집으로 돌아가세요.

그대 집에

죽어가는 화초에 물을 주고

냉기 가득한 그대 부엌

큰솥을 꺼내 국을 끓이세요.

어디선가 지쳐 돌아올 아이들에게

언제나 꽃이 피어 있는

따뜻한 국이 끓는

그대 집 문을 열어주세요.

문득 지나다 들르는 외로운 사람들에게

당신 사랑으로 끓인 국 한 그릇 떠주세요.

그리고 지금 당신 곁에 있는 사람

목숨 바쳐 사랑하세요.

전업주부 시인

이제 시 쓰는 것보다
밥하는 게 더 쉬워요

서점에서 서성이는 것보다
마켓에서 망설이는 시간이 더 길고요

책상에 앉아 글을 쓰는 시간보다
냉장고를 열고 무슨 반찬 할까 고민하는 시간이 많지요

타냐라는 이름이 타인처럼 낯설어져가고
엄마, 아내라는 이름에 익숙해져가죠

그래도 시인이라는 이름 잊지 않기 위해
안간힘을 다해 참석한 해변 문학 세미나

반갑게 맞으시며 무언가 적어주신다는
문 시인님께 찾아드린 흰 종이 뒷장엔
무1, 파2, 계란, 두부 등등이라고
적혀 있었지요

시 안 쓰는 전업주부 명함 같아서

미소 지으시는 문 시인님 뒤에라도 숨고 싶은 심정이었지요

옛날엔 커피 냄새 바다 냄새 나던 나의 시
이제는 마늘 냄새 아기 냄새밖에 안 나요

그나마
이 시도
빵을 구우며
독일어를 공부했던
에밀리 브론테를 흉내내어
부엌에서
파를 썰다가
국을 끓이다가
한 자씩 한 자씩
더듬거리며 쓰는 거랍니다

두 마리 애벌레

제게
두 마리
애벌레가 있습니다.

먹을 것을 물려주고
씻겨주고
닦아주고
재워주어야 하는 애벌레.

나의 두 애벌레는
하루 종일
매달립니다.

업어달라
안아달라
놀아달라

젖 달라
빵 달라

밥 달라

언제 크나
언제 크나
나의 애벌레들

난
차려준 밥 먹기도
귀찮은 사람인데

나만 바라보고
손가락 빨고 있는
두 마리 애벌레 때문에
하루 종일
부엌에서
헤어 나오지 못하는 것 같습니다.

언제 크나
언제 크나
나의 애벌레들

머리를 싸매고
나의 자유를 위해
애벌레들이 빨리 크기를 바라던
어느 날
전 아주 아름다운 나비를 보게 되었습니다.

아! 아! 언젠가
아름다운 나비가 되어 날아갈
나의 애벌레들

그땐
꼭 안아주고 싶어도
맛있는 것을 먹여주고 싶어도
빈 껍질만 남기고
날아간 뒤겠지요.

전 얼른
아직은 제 곁에서
꿈틀꿈틀거리고 있는 애벌레들을
안아주러 달려갔습니다.

제3부

어느 여름날

태양은 지고 있다 — 사라지고 있는 나처럼
나 그 빛에 초점을 맞춘다
내 눈에 마지막으로 간직될 빛
곧
내 피는 터져버린 파이프처럼
용솟음쳐 올라
따뜻한 여름 들판을 적시고
욕망에 굶주린 동물 갈증을 축이리라.
그래 먹어라 나를 흔적도 없이

진통제도 주지 말고
내 눈을 감기지도 말라.
내 생이 어떻게 훔쳐지는지 지켜보리라.
살을 에는 듯한 바람
내 몸을 뚫어 지나가면
너에게 말한다.
난
여기에 없었다고

그 방

그 방에 들어선다

펼쳐진 책 위에 얼룩진 커피가 마르고
목마른 채 죽어가는 꽃잎이
쓰다 만 시 위에 떨어지는

질서가 깨어질 듯한
그러나
자유가 있는 방

방 한가운데 놓여진 고동색 카우치
그 위에 앉아 난 나의 이야기를 시작한다

아무도 내 이야기에 무게를 달지 않는다
나는 침묵한다
아무도 말을 시키지 않는다
나는 운다
아무도 눈물을 닦아주지 않는다

나는 일어선다

아무도 붙들지 않는다

나를

여자들이여*

이제 조선 여자도 사람처럼 살아야 되지 않겠습니까? — 나혜석

너의 인생을 이렇게 살거라
너의 아버지가 베푸는
보살핌, 음식, 그의 처마 밑에서
남자의 아내가 되는 법을 배워라
음식 하는 법을, 바느질하는 법을,
그리고 집안을 다스리는 법을 배우렴
어른에게 순종하며, 가족을 섬기며,
하인들을 어떻게 다스리는가를……

너의 남편이 베푸는
보살핌, 음식, 처마 밑에서
너는 그의 첩들을 질투하지 말고
가슴에 묻으며
그들의 맏언니처럼 행동하라
만일 아들을 낳지 못한다면
너는 쓸모가 없으며
절대로 딴 남자를 가까이하지 말며

너는 온 정성을 다해
너의 아들 키우는 데 애를 써라

너의 아들이 베푸는
보살핌, 음식, 처마 밑에서
그들의 아내들을 다스리며
아들을 낳게 하거라

딸들에게
이 노래를 부르게 하렴

시집가서
삼 년 동안 귀머리가 되고
삼 년 동안 장님이 되며
삼 년 동안 벙어리가 되어라

너처럼 살게 하렴.

* 삼종지도를 읽으며

숨 쉬는 값

거실 천장까지 쌓여 있는 나무를 봐
저 벌거숭이 나무가 마루가 되려면
드는 돈도 시간도 엄청나대
길다란 생참나무 뻗어 있는 모양
아—꼭 죽은 코끼리가 누워 있는 것 같아

그 남자 큰 소리로 말하길
이 나무가 제대로 된 마루가 되려면
이 집 온도에 먼저 자기 몸 온도를 맞추어야 한다는 거야
그런데 나무가 숨을 쉬지 않는 거야
일주일이 가고
한 달이 가고

그 남자 매일 와서
어깨에 힘을 주고 힐끔힐끔
나무 온도만 재는 거야

숨 쉬지 않은 생참나무를 보면

내가 숨이 막혀오는 거야
쓸모없는, 버림받은……
보내야 해

난 내 생각을 말하고 싶어
거짓으로 순진한 미소를 지으며 — 착한 척 —
참한 여자는 자기 생각을 말하지도,
남자에게 자기주장을 펼치지도 않는 거라고

도대체 숨 쉬는 값이 얼마야

황금 마차

사람들이 그녀를 양공주라고 불러
외국인들의 공주
외국인들의 창녀

남자들은 그러지
저년 것 —
거저 줘도 안 해

교육은커녕 가난한 집에서 그녀를 먹일 밥도 없지.
클럽에 흘러 들어간 그녀 — 설거지로 시작하지.
식탁을 닦고, GI들을 위해 드링크를 만들고 팁을 받아.
그들 옆에 앉으면 더 많은 팁을 받아
그들의 술을 따르고, 그 술을 마시고
같이 잠을 자면 더 많은 팁을 받아.
'좋아, 정말 좋아' 하면 더 많은 팁을 받아.

"결혼하자"
그 무엇도 아니였던 그녀 —
백조가 되는 길

그녀의 코 큰 GI 애인

그녀의 어둔 방을 나서며

그녀의 입술에 키스를 하지

재빨리 그녀의 젖가슴을 만지며

"오늘 밤에 오우케이 베이비"

하니 갓 뎀잇

담배를 빨며 숫처녀의 피처럼

빨간 매니큐어를 한 그녀가

낄낄거리며 그를 밀치지

허공에 멈춘 어린 사슴 같은 그녀의 눈망울

그녀에게 PX 물건 사러 왔던

여자들이 고개를 돌리지

쌍것! 더러운 것.

그녀 백인 GI 색시 되면

럭키 럭키 세븐

황금 카드를 들고

미국에 가지

디어 여보(Dear Yeobo)

당신이 라면 하면
전 라면이 되지요

당신이 차 하면
차가 되고

당신이 옷을 벗으면
저도 옷을 벗어요

제 마음만 접으면
되는 것

잡은 생선에게
더 이상 먹이를 주지 않는 법

전 괜찮으니
식기 전에
차 드세요

허난설헌(1563~1589)

여자가 가슴에 한(恨)을 품으면

    여자로 태어난 것
    조선이라는 나라에
    남편의 아내가 된 것*

─ 오월에도 서리가 내린다지

김성립과 결혼하기 전까지
아버지는 오라버니들과 시 공부를 하게 했지
오지 않는 남편을 기다리는 내게
아버지는 말씀하셨지

시를 쓰렴

누가 나인가

너 자신에게 물어보렴

* 최문희의 『난설헌』을 읽고

럭키 세븐

I

미국으로 간
양공주
돌아올 때
바리바리 싸온 양키 물건들

무서운 아버지
욕하는 어머니
위세하는 남자 형제들을 위해
부엌에 갇혀
밥해야 할 일은 없어.

따뜻한 아랫목에 앉아
밥상을 받으며
아메리칸 커피를 마시면서
남동생이 갖다주는 크리스털 재떨이에
양담배를 털지.

Ⅱ

그녀는

외계인

어두운 달에서 온

그녀

그 가족 모두

천국으로 데려가지

그들이

그녀를

묻어버릴.

기억상실증

우리의 친구, 필립이 기억상실증에 걸렸다.

정신박약아인 두 아이의 아버지,
이혼한 젊은 남자,
여자 친구에게서 절교 선언 당한 남자, 그리고
음악 엔지니어인 필립.

그에게
과거란
삭제된 필름.

우리는 그에게 가 악수를 청하며
그가 누구인지를 가르쳐준다.

"사람들이 나에 대해 나보다 더 잘 아네."
그는 멋쩍게 웃으며 말한다.

그의 친구 마크가 죽었다고

그의 외할머니가 죽었다는 슬픈 소식을 우리는 전해주었다.

"Did I know them?"

음악 엔지니어인 그가 기억하는 건

두 딸도

옛 애인도 아닌

바로 사이먼 & 가펑클의 〈Mrs, Robinson〉의 멜로디

만일 기억상실증에 걸린다면

우린 무얼 기억할까?

아버지의 그녀

I

아버지가 돌아가신 지
10년이 지나서야
그녀에게 전화를 걸었다.

영어로 아버지를
"배스터드(Bastard)"라고
부를 수 있는데

(아직도 한국어로는 못 부른다.)

II

여보세요? 그녀가 전화를 받는다.

지금 통화해도 괜찮을까요? 내가 묻는다.

응, 지금 손님이 없어.

물어볼 말이 있어요…… 당신만이 대답할
수 있네요.
어떻게 우리 아버지를 만났나요?

어디선가 기차 지나가는 소리가 들린다 —
그 기차를 타고 사라지고 싶다.

응, 같이 있던 미용사가 데이트 데려갔어.
그때 아버지를 만났지.
그 다음 날부터 미장원에 빵과 우유가 배달이 오는 거야.
우리는 누가 이걸 보낼까 궁금 —

그만!
우리 집에 왔었지요? 내가 묻는다.

그걸 기억해? 정말로 넌 어렸는데…… 라고 그녀가 대답한
다.

III

기억해요.

(맑은 여름날. 아버지의 여자는 천사처럼 하얀 옷을 입고,
하얀 모자까지 쓰고 왔다. 그녀가 벗어놓은 신발은 동화 속
프린세스 신발처럼 빤짝거렸다. 그 여자에게 차 대접하는 엄
마는 낡은 옷에 오래된 아버지의 양말을 신고 계셨다. 다음
장면이 어떻게 이어질까 궁금해하는 동네 구경꾼들은 자신
이 맡은 역들을 해나갔다.

나는 맡은 역이 없었다 ― 나는 보이지 않았다)

집에 몇 번이나 갔었지.
엄마가 오라고 하셔서 ―

우리 엄마가요?

응 ― 나에게 보여주고 싶으신 거지 ― 봐라

여기가 그 남자 집이고, 내가 그의 아내이고, 이 아이들의
아버지가 그 사람이다.

그만 내 남편을 떠나라.

　　　　　　그러지 그랬어요, 내가 말한다.

운명이지. 애를 낳은걸.

　　IV
나는 기억한다.

아버지는…… 언니의 첫 이름자와
나의 첫 이름자를 따서
그 애 이름을 지었다.

내가 그 사실을 알았을 때…… 내 이름 반쪽이……
그 애를…… 위해…… 잘라져……
난……

(말할 수가 없어.) 내 몸이 잘라진 것 같았어…… 반으로

    V

지금 생각해보니 애를 더 낳을걸 그랬어
나 죽으면 우리 딸이 혼자 얼마나 외롭겠어

    VI

당신   우리 아버지를   훔쳐갔어

당신   내 이름을   훔쳐갔어

당신   내 유년을   훔쳐갔어

    VII

나는 전화를 끊었다.

적막이 흐른다.

너무 고요하다.

아주 먼 곳에서부터
우 ― 우 ― 들려오는 소리

내 어머니의 어머니, 어머니의 어머니들의
십 년, 백 년, 몇천 년 이어지는 명의 소리

풀어줘,
풀어줘.
이제 자유롭게

금발의 그녀가

우리들은 홈메이드 와인을 마시고 있었어.
아들 친구 엄마가 내게 웃으며 다가왔어.
"나 코리안 보이 프렌드가 있었다.
그 엄마가 날 무지 싫어했어.
그래도 그 엄마 밥은 너무 맛있었어.
나 나쁜 한국말도 안다."

"나쁜 말?" 내가 묻자
금발의 그녀가
내 귀에 속삭였어.
"자지."
갑자기 서브제로처럼 차가워진
내가 말했지.
"그건 나쁜 말이 아냐.
몸의 한 부분이지……."

그 단어는 여자에게 금지된 말,
남편에게도 쓰지 않는 말.
그 말은

더러운
천한 여자나
쓴다고 하지 않았던가.

의사들도
중국어로 성기라고 쓰는데

아무리 생각해봐도
난 그 단어를
내 입으로 소리 내어본 적이 없어.
고개를 숙이고 말하기를
거기
(자지)
페니스라고는 말할 수 있으나
'ㅈ'으로 시작하는 말은
해본 적이 없어.

그런데 지가 뭔데

그런데 왜 그 말이 나쁜 말이야

기지촌 할머니 이야기

나, 일흔 일곱이야
이가 없어 잇몸으로 바람이 솔솔 들어와,
바람막이 없는 동두천 쪽방에서 혼자 살지.

혼자 사느니 중이 될까 했지만
절에서 쫓겨났어
베이컨 먹다가

신문에서 본 광고, 교회의 사찰 집사로
들어가 잘 살았는데
비 오는 밤, 소주 마시며
담배 피우다가 쫓겨났어……

그녀, 자궁이 빠지도록 일을 했지만
보고된 세금이 없어
나라의 보조도 받지 못한다.

그녀의 반쪽 하얀 아들은
미국에 양자로 갔지만

고아원 앞에 몰래 내려놓고 온

반쪽 검은 딸은
어떻게 되었는지

그녀 돈을 잘 벌었을 한때
"못난 오빠 때문에……"
울먹이며 찾아왔던 오빠
그녀의 달러돈으로 공부해 변호사가 된 뒤
호적에서 그녀의 이름을 지웠다.
그녀가 지운 뱃속의 아이처럼……

그래도 그녀의 여동생, 숙이는
그녀의 생일에 미역국을 끓여 몰래 그녀를 찾아왔었다.
"언니야, 언니야……"
그녀는 동생이 오기를 기다리며
선물로 받은 초콜릿, 껌, 향수, 비누를 꽁꽁 숨겼다가
건네었다.

시집가서 다시는 못 온다는 숙이,
"언니는 왜 남들처럼 미국을 못 가나?"
물었던 그날,

처음으로 그녀는 가슴을 치며 통곡했다.
"어머니, 어머니 살아 계셨으면 그런 소리는 안 하셨을 텐데.
 같이 죽자고 강으로 끌고 가셨겠지."

세월은 정말 유수같이 빠르다.
한국이 어딘지도 모르던 사람
달에도 가고……

그녀
한 남자를 만나
그의 작업복도 빨고
밥을 지으며
행복했었는데
숨겨논 달러를 몽땅 들고
남자는 떠나버렸다.

찬바람이 부는 동두천 쪽방
흔들리며 빛나는
별이 예쁘다는
그녀

제4부

여행

포도알
　　내 입에서
　　　너의 입으로
　　　굴러간다

잘 익은 차가운 청포도
　　　입속으로　입속으로
　　　　점점······ 따뜻해지네

그대 눈을 응시하니
　　　그대 눈 속에 사슴이 뛰네
　　　　녹아지는 빙산이 보이네

아, 나는 어디에 있었던가
　　　눈을 뜨니
　　　　내 입속에 포도가 없네

꿈을 잊은 그대에게

우리 모두 한때 꿈을 꾸며 살았지요.
빈 주머니 아랑곳없이
우리는 하늘을 보고
음악을 듣고
나뭇잎 떨어지는 것을 바라보며 행복했었지요.

그땐 순수해서였을까요?

밤 파도 무섭게 치는 날에도
추운지도 무서운지도 모르고
얼음장같이 차가운 모래사장에 앉아
우리는 가능성에 대해 열정적으로 이야기했지요.

그땐 젊어서였을까요?

우리 생기에 넘치던 얼굴
반짝이던 눈동자
호기심으로 진동하던 가슴

다 어디로 사라졌나요?

아, 언제부터 우리는 꿈꾸기를 멈춘 걸까요?

우리 다시 꿈꿀 수 없는 걸까요?

물론 우리가 바라보아야 할 현실과 살아가야 할 일상생활

어른으로서, 아내로, 엄마로 일하는 여성으로 해야 할 일들

중요하죠.

그런데 말씀해보세요.

정말 꿈이 없다면 우리가 살아 있기나 한 건지……

꿈을 잊은 당신!

다시 꿈을 꿀 생각은 없나요.

바다와 나

전생에 나는 물이있나 봐.

이렇게 바다 앞에 서면
마음이 편해져

밀려오는
파도 속에
아무런 저항 없이
나를 던져
나 물이 되어버리지.

이렇게 바닷속에
한 시간만 잠수하면
바다처럼 파아래지는 내 마음
어린 물미역처럼 부드러워지는 내 영혼

내 아무 말 하지 않아도
바다는 알아

바다가 아무 말 하지 않아도

나는 알아

전생에 내 정말 물이었음을

나

바다 앞에 서면

저절로 푸른 액체가 되어

녹아져버림을

겨자꽃 질 때

I

노란 택시가
어둠에
선다.

반달을 가리는 먹구름
녹슨 주전자에서
끓는 물소리

페퍼민트
냄새 나는
여자.

창밖의 네온사인
불빛 같은
고양이 눈

천천히,
천천히

읽혀지는 한 줄의 시

벗어지는 그대 옷 위로
떨어지는
마른 꽃잎

그대 오래된 칫솔로
이를 닦고
떠나는 여자

   II
떠나는 여자
이를 닦고
그대 오래된 칫솔로

마른 꽃잎
떨어지는
벗어지는 그대 옷 위로

읽혀지는 한 줄의 시
천천히
천천히,

고양이 눈
불빛 같은
창밖의 네온사인

여자.
냄새 나는
페퍼민트

끓는 물소리
녹슨 주전자에서
반달을 가리는 먹구름

선다.
어둠에
노란 택시가

가셀라의 문샤인

무리 속에서 춤을 추는 여자처럼 춤을 추고 싶어
천상의 아이처럼 자유롭게 음악에 몸을 맡기고
영원한 피가 원광처럼 비치는
죽음의 계곡에 떠오르는 해처럼 춤을 추고 싶어

삶의 그림자 속에 갇혀 살고 싶지 않아
불 같은 내 가슴을 차갑게 만들고 싶지 않아
연못에 피어나는 한 송이의 연꽃이고 싶지 않아
너의 다리에 남겨지는 체온이 되고 싶지 않아

기억해! 열두 시에 음악은 멈추고
너의 볼이 빠알간 석류처럼 달아 있을 때
붉은 뱀이 너의 목을 물지도 몰라
어쩜 넌 영원히 집에 돌아 갈 수도 없다구.

그래도 난 계속 춤을 추고 싶어
전쟁을 헤치며, 겹겹이 쌓여 있는 어둠
뜨거운 화산에 발이 데어도
나는 죽음의 계곡
모래언덕 위에서 춤추는 까마귀처럼 춤을 출 거야

짧은 사랑

계절이 가기 전에
끝난 사랑
짧아서 좋아

뜨거운 여름날
후두둑 내려주고
가버리는 소나기처럼
미련도 없어

바닷가 휴양지의 사진처럼
하얀 도자기 접시에 올려진
앙증맞은 투나 마키처럼
아 — 깔끔한 사랑

솥도 사지 않고
밥도 하지 않는 그런 사랑
얼마나 산뜻해

예정된 이별

스치는 입맞춤에도

흔들리지 않아

뒤돌아서면

멈출 것 같던 심장

작은 상처 하나 없어

계절이 가기 전에

막이 내리는

짧은 사랑

아 — 그런 사랑만 하면 안 될까

비 오는 날의 노란 꽃

비가 오는 날이면
너에게 갈 수도 있지.

그러나 비가 오는 날에는
홀로 화원에 가
노오란 꽃 한 아름 사겠어.

그 꽃이
노오란 프리지어나
노오란 수선화면 더욱 좋겠지.

비 내려 우울한 날
창가에 작은 등불처럼 비치는 노오란 꽃 보면
막 끓인 커피 한 잔 마시고 싶겠지.

그리고 침몰하는 배의 절망처럼
서서히 밀려올 고독
그까짓거 테킬라 한 잔 마시듯

원샷에 삼켜버리고
나 — 블루문 노래를 들으면서도
너에게 가지 않지.

눈을 감고도 찾을 수 있는
너에게 가는 길.

비가 오는 날이면
너에게 갈 수도 있지
포도주 반 잔쯤 마신 표정으로

그러나 비가 오는 날에는
노오란 꽃 한 아름 사다
내 창가에 꽂겠어.

그 꽃이 무엇이든
노오란 꽃이면 족하지.

자장가

오늘 내 삶은 변하지 않아
너의 심장 소리 내 가슴에 울려도
너의 달콤한 숨소리가 내 볼에서 느껴져

너의 목소리 미치도록 나를 혼란하게 해
넌 막다른 골목까지 나를 쫓아올 거지
오늘 내 삶은 변하지 않아

사랑한다고 하면서 넌 열쇠를 두고 떠났어
이제 제발, 그만해! 계속 거짓말을 해
너의 달콤한 숨소리가 내 볼에서 느껴져

함께 날자고 물어보지 않았을 것을
너는 나를 완전히 부쉈어, 그만해
오늘 내 삶은 변하지 않아

나비처럼 잠자는 너의 모습 보고 싶어
너의 차가운 발에 양말을 신겨주고 싶어

너의 달콤한 숨소리가 내 볼에서 느껴져

비 오는 날 너를 위해 내 생일 케이크를 굽는 게 아니었어.

모든 것이 어제 일처럼 생생해 (미치겠어)

오늘 내 삶은 변하지 않아

너의 달콤한 숨소리가 내 볼에서 느껴져

나는 나의 어머니가 되어

바쁜 아침 아이들이 학교에 들어서는 뒷모습을 보고
돌아와 어수선한 부엌에 서면
엄마가 그립다
엄마가 차려주시는 밥상이 그립다.
기름기 자르르 흐르는 흰 쌀밥에
가시 발려 올려지는 생선구이
따스한 국 한 그릇

아이들이 먹다 남기고 간 프렌치토스트
메이플 시럽에 찍으며
어머니를 기다리다
나
일어나
햅쌀 한 줌 씻는다
남편 주려고 얼려논 생선을 녹이고
아이들 주려고 끓여놓은 국을 데운다

나는 나의 어머니가 되어
내 부엌에서

나의 밥상을 차린다

고소히 익어가는 밥 냄새

알맞게 구워지는 생선

따스히 덥혀진 국의 불을 끄며

나는 나의 어머니가 되어

아직 어린 내 영혼을 먹인다

이제는

이제는 좀 덜 바빴으면 좋겠습니다.
한가한 듯한 마음으로
그대를 맞아
이 세상의 모든 시간을 묶어놓은 것처럼
우리 마주 보고 오랫동안 쌓인 그리움을 녹였으면 좋겠습
니다.

멈출 줄 모르는 시간.
세월이 흘러도
행복한 오늘을 추억할 수 있도록
지금 당신의 모습 그대로 앨범에 넣어
간직하고 싶습니다.

이제는
너무 가까이 있어
고맙다는 말을
사랑한다는 말을
하기에 쑥스러운 당신께
고맙다는 말을

사랑한다는 말을
자주자주 하고 싶습니다.

아이들에게도
엄마니까 사랑한다는 걸
당연히 알고 있겠지
라고 생각하면서
뭐든지 더 잘하라고
야단치기보다
그냥 더 많이 포옹해주고
놀아주고
맛있는 음식을 많이 만들어주고 싶습니다.

이제는
소중한 여러분께 감사의 편지를 쓰고 싶습니다.
고운 편지지에 정성스럽게
새로 쓴 시 한 편을 넣어
가슴 설레며
당신이 받을 수 있는 우체통에

넣고 싶습니다.

이제는
저 자신을 좀 더 사랑하고 싶습니다.
시간이 없다고 못 들은 음악도 듣고
시간이 없다고 못 읽은 책도 읽고
마음에 들지 않는다고 완성하지 못한 시도 마치고 싶습니다.
바다와 오래 마주 앉아 바다를 닮은 사람이 되고 싶습니다.

그리고
이제는
멀어졌던
당신에게도 한 걸음 더 가까이 다가가고 싶습니다.

소꼬리탕

죽음이란 어떤 느낌일까?
나는 왼쪽 손등 위에 상처를 바라본다.
검보라, 이걸 무어라 하지 —

멍 — 고통을 누르는 것, 슬픔에 침묵하는 것,
바다 위에 재로 뿌려져 겹겹이 쌓여지는
양피지에 새겨진 삶들처럼 — 단풍잎들처럼

　　(전에 나는 이곳에 있었던가? 나는 다시 이곳에
　　올 것인가?)

모양을 인도에 남겨놓고 바람 속으로 사라져가는
지붕 위에서
전화 코드를 빼라고
말하는 까마귀처럼,

가스를 켜고
나는 오야코돔부리를 만든다

양파를 썰며 흘리는 눈물 ―
이건 최고의 선물이 아닌가?

차가운 계란을 깨고
거품을 풀어
배추와 닭고기가 펄펄 끓는 국물 속으로
붓는다.
냄비 뚜껑을 덮고
가스를 끄고
기다린다.

흐트러진 빈 침대
여름 강이 흐르는
그의 찬 몸을 보고 싶지 않았다.

난 떠날 때 아름답게 떠나고 싶다.

결별 ―

한 시인의 시가 생각난다.

아내의 장례식이 끝난 뒤

베갯잇에 붙어 있는 그녀의 머리카락을 보고 울어버렸다는

(그도 울었을까? 내가 떠난 뒤)

아버지가 돌아가신 날

나는 스키야키를 만들었다.

아이들을 먹여야 했기에

소꼬리탕

아버지가 만들어주셨던 국 —

죽은 핏물을 다 뺀 뒤

우윳빛 날 때까지 끓이는

제5부

푸른 꽃(Comfort Woman)

사람들이 나를 위안부라고 부른다.
내게도 이름이 있었다.

1. 1991년 서울

TV 소리는 마음을 편하게 해준다.
늘 곁에서 누군가
말을 걸어주는 것처럼 —
그날은 일본말이 귀에 들려왔다.

우리가 그런 적이 없다.
그 여자들이 돈을 벌기 위해
자진해서 우리에게 왔다.
우리가 강요한 적이 절대로 없다.

나는 눌은 밥 뜨던 숟가락을 떨어트렸다.

화면에는

트럭 뒷좌석에
앉아 있는 젊은 처녀들이 보인다.

그 가을
논두렁 옆에서
나와 순자가 탔던 것 같던

   2. 1939년 진주

우린 센닌바리* 공장으로 가는 거,*
맞지 ─
우리 꼭
다시 고향에 오자.

작은 우리의 손 꼭 잡았다.
늦여름 함께
봉 숭 아
물들인 붉 은 손 톱

아,
주홍빛 감 익어가는
초가지붕이 점점 멀어져간다.

흙먼지를 일으키며
고향의 마지막 언덕길을
넘어갈 때
순자는 하아얀
고무신을 벗어 트럭
밖으로 떨어트렸다.

* 센닌바리 : 태평양전쟁 때, 참전한 사람의 무운장구를 빌기 위하여,
  1미터 정도 길이의 흰 천에 붉은 실로 천 명이 한 땀씩 꿰매어 만든
  일종의 부적.

3. 1941년 낯선 곳에서

그날 밤
긴 칼을 뺀 순사들이

솔잎을 따던 나를 끌고 간다.

소쿠리 속의 초록 가시들
하얀 피 냄새 풍기며
흔들리는 갈대밭 속으로 떨어진다.

툇마루에 앉아서 송편 빚으시던 할머니
어머니께 물 끓이라 재촉하시며
솔잎 따올 나를 눈 빠지게 기다리실 텐데……

얼굴에 뿌려지는 생선 비린내

꿈속에선 아무리
소리를 질러도
소리가 나지 않는다.

4. 1943년 중국 상해

어느 날 밤

순사는 우리들을 모아놓고 물었다

*"누가 백 명을 상대할 수 있지?"**
나는 손을 들었는데

순자는 들지 않았다.

그날 밤 그들은 끓는 물에
순자를……

그리고

우리를 먹였다.

산다는 것은 무엇인가?

지금 순자는 내 안에 살고 있나?

* 위안부 증언

5. 1946년 다시 진주로

해방이 된 지
1년 후
나는 집으로 왔다.

짧은 머리
한복이 아닌 이상한 옷
더듬거리는 말투.

어머니는 조용히 뒷방으로
나를 감추셨다.

어둠이 내리자,
어머니는 나를 우물가에 데려가서 씻기셨다.

뜨거운 강철로 지져져
오래된 나무의 뿌리처럼,

다 타버린 나무의 껍질처럼 변해버린
나의 몸이 ― 초승달빛 아래 비쳐진다.

늘 웃으시며
오, 아가, 너의 살결이 백옥 같구나, 눈부셔.
라고 씻기시던 어머니

어머니는 미역국을 끓여 하얀 쌀밥 위에
내가 좋아하는 하얀 생선살을 올려놓으셨다.
어머니, 살은 먹을 수가 없어요.

그날 밤, 어머니는 광에서
목을 매다셨다.
내 방에 작은 혼수 보따리와
주먹밥을 남기시고 ―

아버지는 그것을 내게 던지시며
문 쪽으로 손을 휘 내저으셨다.

그 새벽 나는 떠났다.

6. 그 이후

30년
40년

영원히

침묵

침묵

침묵

내 무덤까지 가져가리

7. 1991년 새벽 3시

그날 밤,
나는 꿈을 꾸었다.

찢어진 창호지 틈새로 보이던 수많은 푸른 별들이
하얀 나비가 되어 내 방으로 날아 들어온다.

한 마리,

                                백 마리,

            천 마리

수많은 하얀 나비들은 거미줄 쳐진 내 입을 열어
내 안으로 들어가고 있었다.

내 몸속으로 들어가 아물지 못한 빨간 상처를 한 뜸 한 뜸

꿰맨다.

　　나비들이 주검보다 무거운 내 몸을 일으킨다
　　나비들이 지옥보다 무거운 내 문의 빗장을 열어

　　　　　　　이 새벽에
나를 깨운다.

'중간 지점' 엄마 — 시인의 사랑과 몽상

김승희

1. 부겐빌레아 꽃나무가 피어 있는 풍경

타냐 고, 아니 고현혜 시인을 안 지가 꽤 오래된 것 같다. 버클리 대학에서 내가 한국문학을 가르치고 있던 무렵 LA의 무슨 문학 모임에선가 그녀를 처음 만났고 그때 그녀는 한영시집 『일점오세(Generation One Point Five)』라는 책을 낸 후였고 영어와 한국어로 시를 쓴다고 했다. 그 뒤 내가 한국으로 돌아오고 몇 년 후 2002년에 대산문화재단 후원으로 여러 문인들과 하와이, LA, 애리조나, 버클리 등지로 낭독 여행을 갔는데 USC 대학에서 낭독을 하던 날 그녀는 자신의 집으로 우리 문인들을 초청하였다. 질의 응답 시간이 길어져서 우리를 태우러 온 그녀의 남편은 거의 한 시간이 넘게 우리 행사가 끝나기를 기다려주었다. 남가

143

주의 프라이빗 비치가 딸린 햇빛 좋은 해변 언덕의 집에서 그녀는 자상한 남편과 세 아이들과 함께 살고 있었는데 아이들이 매우 어린 탓에 동분서주하며 식사 준비를 하던 그녀의 모습이 생각난다. 식사 후에 우리는 그녀의 집 앞에 딸려 있는 푸른 해변을 거닐며 이런저런 이야기를 나누었다. 햇빛은 밝고 바닷물은 푸르며 하얀 파도 거품이 우리 발 앞까지 왔다가 다시 태평양 바다로 되돌아갔고 아이들은 뛰놀고 문학은 생의 광채를 발하며 우리들 사이에 있었다. 그날은 참 광채 어린 날로 나에게 기억된다.

　그리고 작년 내가 아들의 USC 대학원 졸업식에 참석하러 갔을 때 당시 미주문인협회 회장인 문인귀 선생님의 도움으로 작은 문학 강연이 마련되어 그곳에서 오랜만에 그녀와 재회하였다. 어리던 아이들도 많이 컸고 큰 아이가 USC 대학에 들어갔다고 했다. 벌써……? 라고 말하며 우리는 우리 앞에 흘러간 거역할 수 없는 시간의 주름살을 보았고 차가운 아이스커피 한 잔을 앞에 두고 카페의 마당에 피어 있던 붉고 화려한 열대성 꽃나무, 부겐빌레아라는 붉은 나비 같은 꽃잎이 매어달린 키 큰 꽃나무를 바라보며 이야기를 나누었다. 그녀는 자신이 참여했던 영어 시 워크숍과 거기서 쓴 시들과 위안부, 허난설헌 등이 나오는 영어 시들, 그리고 시편이 실린 저널에 대해 이야기했고 나는 시간이 흘러도 식지 않은 시에 대한 그녀의 여전한 열정을 느끼고 있었다. 남미에서 이민 왔다는 붉고 화려한 부겐빌레아 꽃나무처럼 그녀도 어쩌면 그런 실향 의식을 뜨겁게 지니고 사막 위에 열심으로 붉게 피고 있는 것 같다는 생각을 했다.

2. '중간 지점의 아이'와 중간 지점의 엄마/시인

그녀의 시는 매우 감각적이며 애틋한 정감이 있고 상상력이 자유분방하며 일상적 구어체를 즐겨 사용한다. 시적 발상이나 상상력은 어릴 적에 서구 교육을 받은 흔적이 엿보이고 발랄하고도 솔직한 발상과 여성적, 감성적인 어조를 특징으로 한다. 그녀는 시 「결혼」에서처럼 사랑에 대해 매우 긍정적이고도 따뜻한 관점을 보여준다.

당신과 같은 주소를 갖고 싶었습니다
기다림 밴 맑은 물
하얀 쌀을 씻으며
밤이면 내게 돌아올 당신을 기다리고 싶었습니다

왠지 행복할 것 같았습니다
당신과 같은 열쇠를 사용하면

닫힌 열쇠 구멍 속에 우리만의 천국을 이루고

지쳐버린 하루의 끝엔 둥근 당신의 팔 베고
그대 숨소리 들으며 잠들고 싶었습니다

둘이 하나가 된다는 것은
하나를 둘로 나누는 것보다 어렵고
두 외길이
한길로 이어지기 위해서는

고통과 아픔이 따름을 알면서도
내 이 길을 선택함은
당신을 사랑하는 까닭입니다

　　　　　　　　　　　　　　—「결혼」 전문

　이렇게 여성적 언어로 사랑에 대한 낭만적 꿈을 노래하는 시
도 있지만 그러나 대부분 그녀 시의 발생 지점은 어두운 결핍의
균열의 지점에서 솟아오른다. 바로 그런 결핍을 사유하는 순간에
그녀의 시는 잔잔한 이탈같이 솟아오르고 시적 소재는 헤어짐,
깨어짐, 모성애, 구체적인 여성 삶의 현장과 풍경, 개인사적 상실
과 슬픔과 닿아 있다. 어릴 적에 모국을 떠났기에 모국어를 사용
할 때는 마치 삶의 경이와 슬픔, 상실 앞에 첫 눈을 뜬 그 시절의
어린아이가 되는 듯 애틋하면서도 단순한 문체를 보여준다. 좋
은 시인은 마치 어린아이와 같다고 말한 것을 연상시키며 그녀
의 시적 언어는 어린아이처럼 단순한 것을 질문하고 단순한 것
을 각성하는 유년의 동그란 눈동자를 가지고 있는 것 같다. 「회
상(Look Back)」이란 시는 그녀의 그런 시적 특징을 잘 보여준다.

대통령이 총에 맞아 서거하자
전쟁이 일어날 거라는 소문이 돌았다.

엄마는 우리를 미국으로 보내시고 싶으셨다.
가장 강한, 행복한, 부자인
지상천국의 나라

그러나 우리를 어떻게 보낼 것인가?
미국으로 갈 수 있는 티켓도
미국 사람과 결혼한 친척도 없는데

위장 이혼
부모님의 결단이셨다.
우리의 의견은 아랑곳없이

새 종이 엄마는 미국에 있었고
이 일은 아주 조용히
모르게
진행되었다.

살아남기 위해
우리는 모르는 척하는 법을 배운다.

— 「회상(Look Back)」 부분

위장 이혼과 가정의 깨어짐의 복잡한 과정을 어린아이의 천진한 눈으로 보며 이민의 과정을 통과해가면서 그녀는 "살아남기 위해/우리는 모르는 척하는 법을 배운다"라는 간단명료한 생존의 진리를 깨닫는다. 그러한 슬픔과 깨달음의 과정은 언제나 실향의 과정을 동반하는 것인데 그런 실향 의식은 그녀의 시에서 헤어진 엄마에 대한 그리움, 깨어진 가정에 대한 상실감, 이방인 의식, 아이들에 대한 사랑, 바벨탑 아래 살면서 언어의 벽에 갈등하는 분열, 소외 등으로 변주되고 있다.

「중간 지점 아이(The Halfway Child)」라는 시도 이혼 부모 아래서 자라는 한 아이의 두 집 살림을 노래하고 있지만 들여다보면 그녀의 시적 주체로서의 위치를 은유적으로 노래한다. "내 이름은 헤일리/H.A.L.E.Y/그러나 전 제 이름을/중간 지점이라 부르죠.//한때 사랑을 해서/저를 낳은 엄마, 아빠/이제는 더 이상 사랑하지 않아/헤어져 살죠.//엄마, 아빠 가지고 있는/모든 걸 반으로 나누었지만/살아 있는 저를 자를 수 없어/시간으로 저를 나누었어요.//이만큼은 네 시간/이만큼은 내 시간/그래서 그들은 일 주에/한 번씩 그들이 사는 거리의/중간 지점인 한 가스 스테이션에서/저를 주거나 받거나 하지요/그리고 가스를 넣고/씁쓸히 웃으면서 헤어지죠.//바이/바이/그때 그들은 헤어지기 싫은/연인 같습니다.//…(중략)…//내 배가/살살 아파오기 시작합니다/언젠가 제 친구 샐리가 그랬습니다/"헤일리, 넌 좋겠다. 집도 둘,/엄마도 아빠도 똑같은 장난감도 둘"/나보다 한 살 어린 샐리는/아직 모릅니다./정말 소중한 건 하나,/하나면 되는 것을……//아빠 차가 프리웨이에 들어서면서/전 제가 꼭 껴안고 자야 하는/곰 인형을 엄마 집에 두고 온 것을/기억합니다./그러나 다시 돌아가기엔/너무 먼 길입니다."

이 시 속의 시적 화자처럼 그녀 역시 아직도 '중간 지점의 아이'이며 '중간 지점의 엄마/시인'이다. 시적 화자가 친구와 대화하며 홀로 어린아이와 같이 마음속에서 대답하는 이런 문장, "나보다 한 살 어린 샐리는/아직 모릅니다./정말 소중한 건 하나,/하나면 되는 것을……"이라는 시행에서 늘 둘로 쪼개진 아픔을 껴안고 사는 경계 위의 사람이 깨달은 단순명료한 지혜를

볼 수 있다. "정말 소중한 것은 하나면 되는 것을"이라는 그녀의 명제는 그녀가 두 개의 세계 사이에 걸쳐 쪼개지고 찢어지는 아픔을 늘 앓으며 살아왔다는 것의 방증이라고 하겠다.

그녀는 또한 일상 속에서도 둘로 쪼개진 여성적 자아의 아픔을 보여준다.

이제 시 쓰는 것보다
밥하는 게 더 쉬워요

서점에서 서성이는 것보다
마켓에서 망설이는 시간이 더 길고요

…(중략)…

그래도 시인이라는 이름 잊지 않기 위해
안간힘을 다해 참석한 해변 문학 세미나

반갑게 맞으시며 무언가 적어주신다는
문 시인님께 찾아드린 흰 종이 뒷장엔
무1, 파2, 계란, 두부 등등이라고
적혀 있었지요

시 안 쓰는 전업주부 명함 같아서
미소 지으시는 문 시인님 뒤에라도 숨고 싶은 심정이었지요

옛날엔 커피 냄새 바다 냄새 나던 나의 시
이제는 마늘 냄새 아기 냄새밖에 안 나요

그나마

이 시도

빵을 구우며

독일어를 공부했던

에밀리 브론테를 흉내내어

부엌에서

파를 썰다가

국을 끓이다가

한 자씩 한 자씩

더듬거리며 쓰는 거랍니다

—「전업주부 시인」 부분

　국을 끓이다가 시를 쓰고 장을 보다가 문학 모임에 나가는 이런 '중간 지점 엄마'의 삶의 피로와 사랑은 시를 쓰는 엄마로서의 운명적인 짐이라고 하겠다. 그렇게 소중한 것이 하나로 지켜지지 못하고 둘로 쪼개어진 경계선의 중간 지점에 그녀는 시적 주체와 시적 소재의 자리를 마련하고 두 개의 세계의 경계에 걸쳐진 자아의 꿈과 슬픔에 대해 쓴다. "정말 소중한 건 하나면 된다……"라는 시적 화자의 독백은 자아분열이 일상화되어 있고 '많은 것이 좋은 것이다'라는 자본주의적 통속적 담론에 균열을 내면서 쓰디쓴 공감의 웃음을 짓게 만든다.

3. 엄마/시인 안에 아이가 울고 있다

　그녀의 가장 큰 상실감은 엄마-상실의 주제와 늘 연관되고 있다. 그녀 자신이 엄마가 되어서도 그녀는 여전히 어린 시절에 잃어버린 엄마의 상실을 변주한다. 엄마 상실, 엄마 결핍은 끝나지 않는 아리아드네의 실처럼 그녀의 시 텍스트를 끊임없이 관통하는 씨줄 날줄로 작용한다. 「배꼽을 닦으며」, 「미역국을 끓이며」, 「나쁜 엄마」에서 그녀는 잃어버린 엄마의 현실적 결핍을 늘 일상 속에서 체감하며 자신의 아이와 자신이 있는 풍경 속에 늘 '잃어버린 엄마'의 공백을 걸어둔다.

아가의 배꼽을 알코올로 닦으며
배꼽에서 나를 낳으셨다는 어머니가 보고 싶었다.

…(중략)…

어머니가 배꼽에서 나를 낳으셨듯
나도 배꼽에서 또 배꼽으로 아기를 낳았건만

미역국도 안 끓여주시고
어디 가셨나

내가 배꼽에서 아기를 낳으면
키워주신다더니
어디 가셨나
어디 가셨나
우리 엄마.

아가의 배꼽 위로 알코올 같은 내 눈물이

뚝 뚝 떨어진다.

─「배꼽을 닦으며」 부분

어머니.
내게 미역국도
못 끓여주시고 가신 어머니.

언젠가 내 끓인 미역국에
이제 두 살 먹은 딸 아이가
밥을 말아 맛있게 먹는데
내 눈에선 눈물이 흘렀다.

엄마로서 바람이 있다면
저 아이가 아기를 낳았을 때
내 손수 미역국을 끓여주고 싶다는 것
나 혼자 웃는다.

푹 끓인 미역국 냄새를 맡으며
내일이면
한 살이 될
아들의 자는 모습을 훔쳐본다.

─「미역국을 끓이며」 부분

또한 그렇게도 지극한 엄마에 대한 상상력은 헌신적 사랑을
하는 '한국식 엄마', 자기를 아끼지 않고 가족들에게 아낌없는
사랑을 주었기에 남달리 빨리 세상을 떠나버린 엄마를 '나쁜 엄
마'로 역설적으로 고발하게 하기도 한다. '한국 엄마 다시 읽

기' 라는 재미있는 프로젝트와도 같은 시 「나쁜 엄마」를 읽으면 우리가 관습적으로 '좋은 엄마' 라고 생각하는 한국식 엄마에 대해 미국식 교육을 받은 딸이 느끼는 강렬한 애증을 느낄 수 있다. 독설도 아니고 직설도 아닌, 이 반어와 역설의 시는 '좋은 엄마 콤플렉스' 에 열렬히 매달려 자부심과 보람을 느끼며 살고 있는 한국 엄마들의 텅 빈 자아의 눈을 번쩍 뜨이게 하는 아픈 깨달음을 준다.

이런 엄마는 나쁜 엄마입니다.

뭐든지 맛있다고 하면서 찬밥이나 쉰밥만 드시는
옷이 많다고 하면서 남편의 낡은 옷까지 꿰매 입는
아픈 데가 하나도 없다고 하면서 밤새 끙끙 앓는 엄마.

한평생 자신의 감정은 돌보지 않고
왠지 죄의식을 느끼며
낮은 신분으로 살아가는 엄마.

자신은 정말 행복하다고 하면서
딸에게 자신의 고통이 전염될까 봐
돌같이 거친 손과 가죽처럼 굳은 발을 감추는 엄마.

이런 엄마는 정말 나쁜 엄마입니다.

자식을 위해 모두 헌신하고
더 줄 게 없어

자식에게 짐이 될까 봐
어느 날 갑자기 눈을 뜬 채
심장마비로 돌아가신 엄마는 정말 용서할 수가 없습니다.

따뜻한 밥을 풀 때마다
고운 중년 부인의 옷을 볼 때마다
뒤뜰에 날아오는 새를 "그랜마"라고 부르는 아이의 소리
를 들을 때마다
자식 가슴에 못 박히게 하는 엄마는 정말 정말 나쁜 엄마
입니다.

난 여러분께 나의 나쁜 엄마를 고발합니다.

— 「나쁜 엄마」 부분

시인에게 그리운 고향과 그리운 어머니는 앞서 「미역국을…」
시에서 본 것처럼 미각과 본능적으로 연관되어 나타난다. 그녀
의 시에서 고향은 공간만이 아니라 시간이며 그것은 음식으로
미각으로 감각적이며 탄력성 있는 언어로 표현된다. 그녀의 시
는 그렇게 탄력성 있는 재기발랄한 상상력과 발상, 탄력 있는
감각적인 언어로 유쾌함을 그리기도 한다. 그러나 그 유쾌함은
되돌릴 수 없는 몽상 속의 향수(鄕愁)에 속한 것이기에 결국은 슬
픈 눈물이 어릴 수밖에 없다.

떡볶이, 달고나, 떡라면, 짜장면, 쫄면, 떡볶이
줄줄이사탕, 엄마 오실 때 줄줄이, 아빠 오실 때 줄줄이

사탕 빨며 내밀던 빨간 혀, 캐비넷 새알 초콜릿 몰래 먹은
검은 혀, 욕망의 김밥, 기다림의 뽑기, 분노 성적표 쫄면

아버지가 한밤중에 자던 우리를 깨어 먹이시던 바늘 통닭
새콤달콤한 희망 단무, 갓 구운 센베이 과자의 추억

하얀 꿈 부라보콘, 열두 *詩*에 만나요, 부라보콘
보름달 덮여진 오무라이스, 꿈을 잔뜩 뿌려 비벼 먹었지
아라비안 나이트 카레라이스, 빗속의 김치 부침개
요술 방망이 들고 다니던 뻥튀기 아저씨, 무엇이든 넣고
돌리며 뻥, 뻥, 뻥
쏟아지는 강냉이 먹으며 날아다니던 만화 속 마법의 나라

서울 이모 남대문 시장에서 사주시던 언덕 바나나
겨울 밤, 열이 펄펄 끓으면, 엄마가 다락에서
꺼내와 먹여주던 만병통치 복숭아 통조림

머리를 박고 지압을 받다가 아, 솜사탕
주문만 하면 마술사가 된 아저씨 자전거 페달을 돌리며
구름을 걷어다가 분홍 , 파랑, 하얀 눈 같은 솜사탕
만들어주셨지

아 ― 눈을 감고 야금야금 뜯어 먹으면
하늘로 둥둥 올라갈 것 같던
솜사탕

― 「눈을 감아봐」 전문

이렇게 그녀에게 고향은 공간이자 시간이며 미각이자 몽상이며 끊어낼 수 없는 혀의 그리움으로 나타난다. 고향은 얼마나 깊게 실향의 몸으로 침투해 있는 것인가.

4. 숨죽인 생참나무가 숨 쉬기 위하여

이번 시집 중 가장 내 마음에 드는 시는 「숨 쉬는 값」이라는 시이다.

> 거실 천장까지 쌓여 있는 나무를 봐
> 저 벌거숭이 나무가 마루가 되려면
> 드는 돈도 시간도 엄청나대
> 길다란 생참나무 뻗어 있는 모양
> 아 — 꼭 죽은 코끼리가 누워 있는 것 같아
>
> 그 남자 큰 소리로 말하길
> 이 나무가 제대로 된 마루가 되려면
> 이 집 온도에 먼저 자기 몸 온도를 맞추어야 한다는 거야
> 그런데 나무가 숨을 쉬지 않는 거야
> 일주일이 가고
> 한 달이 가고
>
> 그 남자 매일 와서
> 어깨에 힘을 주고 힐끔힐끔
> 나무 온도만 재는 거야

숨 쉬지 않는 생참나무를 보면
내가 숨이 막혀오는 거야
쓸모없는, 버림받은……
보내야 해

난 내 생각을 말하고 싶어
거짓으로 순진한 미소를 지으며 — 착한 척 —
참한 여자는 자기 생각을 말하지도,
남자에게 자기주장을 펼치지도 않는 거라고

도대체 숨 쉬는 값이 얼마야

섬세한 묘사와 재미있는 일화로 짜여진 이 시는 나무 마루를 만들기 위해 생참나무를 거실에 쌓아놓은 장면에서 시작한다. 제대로 된 마루를 만들려면 그 집 온도에 나무 몸 온도를 맞추어야 한다는데 나무가 숨을 쉬지 않는다는 것이다. 3연에서 숨 쉬지 않는 나무를 보며 시적 화자는 숨이 막혀오고 4연에서 시적 화자는 거실 실내 온도에 자기 온도를 맞추지 못하는 생참나무를 여성으로서의 자신의 삶과 동일시하며 착한 척, 순진한 척 말하지 않고 살아야 참한 여자가 되는 거라고 무의식중에 고백하면서 5연에서 드디어 분노를 폭발시킨다. "도대체 숨 쉬는 값이 얼마야?"라고.

이 시는 일단 '생참나무의 삶=여성의 삶'이라는 재미있는 알레고리로 읽히지만 좀 더 깊이 생각해보면 거실 마루가 되기 위하여 남의 집 거실 온도에 자기 온도를 맞출 때까지 숨을 참고 자기를 죽이고 살아야 하는 모든 소수자들의 숨죽인 삶과 연관되는 은유라는 것을 알게 된다. 온도를 맞추기 위하여 숨죽이고 있던 나무는 오히려 숨이 끊어져 내버려질 위기에 처하게 되고 나무, 혹은 여성 화자가 드디어 분노를 폭발시키며 던지는 "도대체 숨 쉬는 값이 얼마야"라는 질문은 남의 집 온도에 나를 맞춰야 하는 지상의 모든 사람들의 분노를 위트와 패러독스로 발랄하게 표현하고 있다.

사실 여성 시인이 여성 자신의 삶에 대해 노래할 때 자기 연민이나 감상주의(感傷主義), 값싼 동정 같은 것을 완전히 배제하기 어려운데 이 「숨 쉬는 값」 같은 시를 보면 그런 자기 연민이나 센티멘털리즘 같은 것을 뛰어넘어 인류 보편의 삶의 조건에 대한 높은 수준의 사유와 형상화에 도달하고 있는 것을 발견할 수 있다. 이 시를 읽으며 나는 타냐 고, 고현혜에 대한 시인으로서의 신뢰를 진지하게 확인하게 된다. 남가주 사막의 땅에 불타는 듯 꽃피고 있는 붉은 부겐빌레아처럼 고현혜 시인은 메마른 사막에서 더욱 풍성하게 꽃피우는 시의 꽃나무가 되리라고 상상해본다. 시집 발간을 축하드린다.

金勝熙 | 시인·서강대 교수

■ 발문

엘렌 베스

(시인, 『아주 특별한 용기』의 저자)

고현혜 시집 『나는 나의 어머니가 되어』는 시대와 문화, 인종의 경계를 넘어 모두에게 공감대를 형성시킨다. 우리는 삶, 죽음, 악, 친절 속에 파괴와 탄생을 거듭하면서 살아가고 있다. 이렇게 삶의 이야기를 쓴 그녀의 시에는 마음(heart), 마음들(hearts)이 보인다.

특히, 참혹한 역사의 진실을 용감하게 구현한 「푸른 꽃(Comfort Woman)」은 제2차 세계 대전에 강제로 끌려가 끔찍한 성노예로 살아야 했던 한 소녀의 삶을 노래한 시로 우리 뇌리에서 절대 지워질 수 없도록 강렬하다.

순사는 우리들을 모아놓고 물었다

"누가 백 명을 상대할 수 있지?"

상처투성이가 된 딸의 몸을 소중히 씻겨주고 미역국을 먹인

159

뒤 자신은 광에 목을 매달아 죽은 어머니. 이 파멸적인 시, 절망으로 끝날 것 같은 시를 고현혜 시인은 형용할 수 없는 아름다운 절제, 우아, 압축된 언어 그리고 여백의 미를 통해 경이롭게 승화시켰다.

찢어진 창호지 틈새로 보이던 수많은 푸른 별들이
하얀 나비가 되어 내 방으로 날아 들어온다.

한 마리,

백 마리,

천 마리

수많은 하얀 나비들은 거미줄 쳐진 내 입을 열어
내 안으로 들어가고 있었다.

—「푸른 꽃(Comfort Woman)」 부분

고현혜 시인은 한 여인의 삶을 통해 참혹한 이 역사의 진실이 절대로 잊히지 않도록 확실히 보장했다.